在南山独坐

裴祯祥　著

陕西新华出版
太白文艺出版社·西安

图书在版编目（CIP）数据

在南山独坐 / 裴祯祥著. -- 西安 ： 太白文艺出版社，2025.1. -- ISBN 978-7-5513-2857-9

Ⅰ.Ⅰ227

中国国家版本馆CIP数据核字第20245TY252号

在南山独坐
ZAI NANSHAN DUZUO

作　者	裴祯祥
责任编辑	付　惠　杨钰婷
版式设计	知遇天行文化
出版发行	太白文艺出版社
经　销	新华书店
印　刷	陕西博文印务有限责任公司
开　本	880mm×1230mm　1/32
字　数	80千
印　张	6.625
版　次	2025年1月第1版
印　次	2025年1月第1次印刷
书　号	ISBN 978-7-5513-2857-9
定　价	48.00元

南山，或诗歌之根（自序）

1

南山，秦岭古称，是我国的文化地理坐标与自然伦理基础。

南山，也是略阳县城南的一座山，是与我朝夕相处的写作现场。

南山，同时是中国古代的诗歌之山、隐逸之山、理想之山，当陶渊明写下"采菊东篱下，悠然见南山"，它就成为了文人心中"桃源胜境"的代表。

2

我认为，诗歌有一条根——大自然，在这本诗集里，它就是南山。

当然，在认识了历史与社会的复杂性，经历了命运和感情的波澜后，我明白诗歌还有一个根，那就是生活。但是，人来自大自然，并且要归于大自然，人的性情、思想与观念，也与大自然息息相关。同时，由时代与现实加诸于人的复杂性、多样性，以及由现代性普遍危机所导致的不适感、沉重感与割裂感，最终都需要通过大自然消弭与化解。

在西北深山中长大的我，自小被秦岭南麓的雄山秀水所深深吸引、浸润。在我四十岁前后这几年，为了缓解生活之累与心灵之痛，我逼迫自己去追寻、触摸诗歌之根。于是，南山成为我疲惫身体与灵魂的栖息地。当我独坐山腰或者山顶，我的心便沉静下来。我开始思考我与这些山水木石、花草鱼虫之间的关系。我发现，诗歌就在这种关系之中。

我感觉，只有和这些平凡而美好的事物在一起，才能真正认识到永恒。诗歌是如此亲切而神秘，将我的思绪、情感与观念拉入大地的序列。同时，我羸弱的身躯与情感，逐渐变得大气、开阔、丰富，具有更多延展性与可能性。于是，便有了这本关于山水自然的诗集。当然，它同时也关乎人生与永恒。因为我触摸到的诗歌之根，其实也是生命之根。

3

我还想说的是，当我写下这些诗，我就明白，只有身处大自然当中，我才能找到一个更加真实而温柔的自己。

　　我想，也正是在此意义上，人们才说，写作是解决人与社会、人与生活之间紧张关系的最佳方式。但是你明白，那并没有解决，也不可能解决，顶多只是缓解与安慰。但就是这样，我们也已是缪斯选中的幸运儿。

　　所以我觉得，诗歌首先是这样一种东西：它迫使你改变自己的生活状态与生命形态。哪怕处于闹市之中，你也会以一颗单纯、质朴而感恩的心去面对世界。也只有这样，诗歌才能走近你，真正成为你的一部分。

　　这就是缪斯的要求：你必须诚实、谦逊地进入生活与写作，才能抵达诗歌与生命之根。诗歌最终改变你，让你成了一个"诗人"。我想，这就是诗歌的校正，也是南山，或者说大自然赠予我们的最好的礼物。

2024.3.10

目 录

第三辑：独坐

第一辑

上　山

上山

我越来越喜欢上山
地球上的事物，我觉得山最踏实
他很少是中空的，除非人类剖开他的身子
凿通穿越他的隧道，攫取支撑他的矿藏
他偶尔会以局部的坍塌，表示抗议
但他从来不改变站立的姿势

当我站在群山之巅
我明白那些树，那些草，那些石头
天空中的鹞鹰，林中的獐麂
他们显露出的温顺、坚韧、自私与残忍
无不遵循着自己与生俱来的性情
他们没有虚荣，不懂三十六计
也不会明明爱着，却说我和你没有关系

我还有什么不能放下
当阳光和风
浸泡着长期被禁锢
已经结痂、长壳、生出倒刺的心
让它逐渐变得鲜活、松软

像初春田野上灰色的野兔
在草丛中谨慎地探出头来
我知道，我已经成为大山的信徒

2019.3.13

我想抚摸这些山岭

我看到的这些山，三十多年来
与我朝夕相处的这些山，在我出生以前
已经站立了亿万年的这些山——
我越来越喜欢他们平静、安详、固执的样子
每次，我都想轻轻地抚摸他们
那在春天缓缓变绿的森林
那笼罩在山尖上，淡蓝色的雾气
逐渐飞近又飞远的鸟群
从他们身体的缝隙里，流淌出来的溪水
不断喂养着嘉陵江与汉江
让他们有力气，走向平原和大海
我想抚摸他们的脸颊、肩膀，他们的乳房与腹部
他们多毛的躯体，那些黧黑或青色的树林
一只野兔，或一条蛇凉凉的皮肤
他们裸露在空中的峭岩，那里曾经蹲伏着老鹰
他们被层层挤压所形成的皱褶
大水一次又一次冲刷后，灰白色的印迹
我深爱他们，我想与所有的生灵
一起走过千万条弯弯曲曲的羊肠小道
坐在深山中的石头上休息

我将倾听野兽们的鼻息与嗥叫

注视着一朵又一朵不同颜色和形状的花儿

在高树、刺丛、灌木与小草的手掌中

次第开放。我想与他们一起

迎接大地的黄昏，望着皎洁的月亮

在远处的山岭之上

缓缓升起。我想变为地下的矿石

地上的树，或飞舞在空中的蝴蝶、蛾子

成为那些最柔弱、最微小的生物

一生固守在自己的疆土上

用翅膀、触须和小脚丫

去丈量、去抚摸每一寸土地

我深深地渴望，因为我的微小，我的柔弱

能够最深最多地，领受大地的恩情……

2019.4.3

山顶上的柏树

写到他们，就必须写到他们脚下的黄土
身边的岩石，熬过了冬天的油菜
必须写到他们头顶辽阔的蔚蓝
有时候，老鹰会跟散步的王一样，静静掠过
必须写到风，像一个脚步轻快的女子
一遍又一遍穿过他们密匝匝的
鳞片般的叶子，为他们沐浴，梳洗
还必须写到阳光，如同丝线与绳子
将这些互不相关的事物，东一枚西一枚的名词
连缀成一段含义深远的句子
我站在这里，想把它们念出来，写出来
但是，这些沙沙、沙沙的声音
一再提醒我，不会有另一种语言，另一种声调
不会有另一种音乐
说出或唱出的美、善与爱
比他们自己的表达，更朴素，更动人

2019.3.14

岩羊

清晨，一只黑色的岩羊
在嘉陵江边一块突出的岩石上踯躅
它正面临着生死抉择——
它错误地来到了一片上抵峭壁
下临深渊的绝境

在它向着左下方的灌木丛
奋力一跃的同时，我听到了大自然的惊呼
但是神看着这一切，觉得很好
无论它顺利脱险
还是跌下悬崖，滚入激流

这一事件，还可以有两种命名方式：
最深的恩情，最纯粹的诗

2019.3.26

南山记

1

坐南朝北，与县衙遥遥相对
南山的位置，决定了它
只能是陶渊明，以及在无数黑夜里
把自己变成灯盏的
诗人们的领地

2

南山，又称文笔峰
当年有人在此造亭，饮酒，赋诗
然后拂袖而去
绝迹于江湖。比如苏轼
给晁太守赠完诗后
向更南而去，也向更难而去
一只孤鸿，拣尽寒枝，尝尽沙洲冷
最终成为东坡居士

3

有时候人们称你为"男山"
把隔江而坐的"雨山"叫作"女山"
这样，你们便能够产生更诱人的传说
但是他们不知道
你会因此陷入长久的痛苦
与更深远的孤独，如同一个人
突然意识到了自我，却无法实现
对自我的救赎

*南山，位于陕西省略阳县城南。
*晁太守，即晁仲约，宋代兴州（略阳）太守，曾因
兴建当地名胜东池，邀约苏轼、苏辙、司马光等写诗
庆贺。

2018.5.11

花湖

在陕南，油菜花是三月
褐色山野中最亮眼的一幕。但它
不是人们传说的海
它是斜躺在山坡上、镶嵌在石头与树林中
寂静的湖。当我们走在它身边
或远远地眺望它
随风缓缓摇动的样子，我们明白
它将以自己的温暖与细小
从两个世界喂养
处于惊涛骇浪中的我们。就像王维
或者梭罗，我们不需要海
我们只要一个湖
居住在我们的身体中
而这是只有油菜花才能做到的事

2023.3.31

跑马岭

爬上跑马岭高峰
夕阳正从群山之巅
把通红的光瀑
倾泻在它们的叶子上——
一片树林：静穆，悠远
如一座封闭的圣殿

站在这原始的寂静里
我听见砂石堆垒的山岩
正发出尖啸
如巨浪排空，海潮怒卷
从我脚下，眼前
不断涌向无尽的天边

2019.11.22

夜风

夜风顺着嘉陵河谷吹来
这个顽皮的孩子，精力旺盛，来去无踪
他掀起我的衣襟，钻进我的皮肤
渗入我的血管
在我的体内点燃篝火

久石让的鸟鸣、涛声、松树枝条
风中摇动的声音
灌入我的耳朵，与现实的风声混合起来
把我的灵魂
也变成乐器，加入了它们的合奏

我看不见河岸边杨柳的嫩枝
山坡上摇动的野花，但我知道
嘉陵江正在上涨，它将淹没低处的石头
埋葬冬天留下来的枯枝败叶
让草丛返青，给鱼群安家

一切都在风中加快了速度
我听见血液中的琴声

夹杂着马的鼻息与蜂群的叫喊
那声音嘈杂，浩瀚，彼此撞击着
正在把与光线有关的事物
向着黎明运送

2018.3.18

在西河边

我与一群石头坐在一起
芦苇尚未返青，它枯干的头颅
向我微微颔首
几朵细碎的小花，如同一群
还没有学会说话的女娃
坐在她自己柔软的茎秆上
蜜蜂从花田里回来
它们在夕光下振动的翅翼
带着我的脚步扬起的一粒粒灰尘
口唇里含着一小撮花蜜
因此，飞得比早晨缓慢了一些
这正好与太阳落山的速度
和我此刻心跳的速度，相衬
这是多么好，我将坐在这里
看着花开、花落，受着风吹、雨淋
应和着西河流淌的节奏
遵循着季节的秩序
重新成为与它们一样的事物

2019.4.1

起飞

星光照耀，雄鹰起飞
一只秦岭籍
说汉中方言的老鹰
悄然划过夜空
在小南河上
投下巨大的阴影

此刻，星空在鹰翅上旋转
我在大地上旋转
不远处，村庄宁寂
四周树林幽暗，群山静息

万物沉入梦境
只有我看到了这一次
伟大的飞行

2017.3.2

在汉山

花开后，游人如织
阳光洒落，露天阳台上，几把椅子
我在这里，静坐了一个下午

先是一只蜘蛛，爬过我的膝盖
悬着一根丝线，在我身体周围荡秋千
然后一只甲虫落下来
顺着我的手臂，兴致勃勃地
向上攀登……

我想，我微闭上眼睛
轻轻地想，它们是把我，也当成了
一棵开花的树

2021.3.16

群山之巅

再没有更高的石头了
也没有更高的道路

阳光中的树枝与鸟翼
划动着深蓝的空阔与明净

如同一个人彻底的绝望
或乐队最后的合唱

你看见群山
那漫无边际地延伸向远处

包容一切生命与事物
又呈现出大地唯一本质的

巍峨的存在

2018.8.9

枫杨树林

暮晚，我们走进枫杨树林

如沉入一片湖水

被它浓重的阴影浸没

这些高大的乔木，在夜风中

独自低语着。我不知道

它们说些什么。它们只是，顺着河谷

顺着时间，默默生长，变成一座

绿色的城堡

我知道已经没有什么

撼动得了它们的存在与地位

面对它们，我无话可说，有的只是

面对高原、雪山、大海、星空

这些永恒而崇高的事物时

一种沉入湖水般的

悄然的敬畏

2017.7.19

宿张良庙

风吹松林，整整一夜
风也吹进房子，吹进打了颠倒的子房
以前他叫张良
现在，他只是一间
堆满杂物、安静的房子
风吹松林，然后吹着他，也吹着我
我们都看见了黑暗，于是将自己
颠倒过来，蛰伏于风中
他已经完全伏息下来
将自己塑造为人们所说的神仙
而我，感觉到风，正穿过我的身体
吹凉我灼痛皮肤下
忧伤的血液

2019.6.13，改旧作

紫柏山上的草

现在我高于这些草，高于
这些星星点点的野花。但这是暂时的
这是高处的大地
它们在通过这些隆起的山峰
这些山峰上的石头、树木与草，努力让自己
成为星星中的一员
而我，将再一次坠落尘世
像一棵草一样去爱，去痛，去枯荣
但是终有一天
我将上升，不再下坠
和这些草，这些石头和树木一起
恒久地凝望星空，并且通过泥土的帮助
成为它们中的一员

2019.6.13

背靠一棵大树

这是一辈子最美的姿势了
当我背靠一棵大树
让你给我拍照时，我在心里
对自己说
很久以来，除了稍纵即逝的车流
高楼、霓虹以及陌生人的面孔
我身后
再没有什么了，更没有任何东西
让我觉得可以毫无保留地
倚靠着。直到此刻
在秦岭深处，这个叫作长坝的地方
我突然感觉到
与这些大树有一种难以厘清的
亲缘关系
我背靠着这棵大树
仿佛在黑暗中被一束光
猛然照亮，我明白这是生命中称之为
神启的一刻。我愿意
就这样过完一生：
背靠一棵大树，像一只松鼠

或者野兔，在田野里，在树林中
倾听清风拂过时
万物带着感恩的吟诵

2024.4.15

龙头山上

大地上每隆起一座高山
人世间便多一位神祇

他让这些树长在这里，并且把岩石
切削成你看到的模样
它们，在你低洼、矮小的内心
渐次升起
变得陡峭，奇诡

在遥远的群山之间
云雾弥漫开来。你终于站立在
你想要的高度，壮丽景色尽收眼底
你同时明白：高，产生空
空，就是度

神祇通过高山布道
让万物变为自己的庙宇

2019.11.9

云屏

盘山路如螺旋状的弹簧
将我们高高举起——
大巴，迎着远处堆满云雾的高峰
不断转换着方向，上行

最美的风景都在远处
在我们不可逾越的距离之外
那里，只有飞鸟静静扇动翅膀
只有嶙峋的巨石站立成绝壁

秋日盛大。在我们无法
抵达的地方，阳光浸透红叶
流水映照银杏，大地上纯正的秋天
展现出完美的外形

我们在山顶的草甸上
听山歌，饮土酒，任云气沁入心胸
如一片红叶：通透，彻底

有着回归天然的暗喜……

★云屏，地名，在甘肃省两当县境内。

2020.11.7

一块石头

一块石头，有着难以察觉的孤独

也许，在我注视它的前一瞬间
它才突然出现在山顶，深深嵌入
雨后明净的天空

我知道，它将长久滞留于天空深处
我看了它一眼，因此
它也将长久停留于我身体的某处

它将代表我
在高处，体味更加恒久的孤独

2017.9.4

在褒河边

许多年前，我曾来过这里
那时候，我喜欢去深深的谷底
听河水咆哮，或攀爬陡峭的山岩
去老鹰出没的峰顶，看群山涌动

现在，我只想坐在静谧的湖边
看湖水慢慢挪动自己
如午夜迪吧里
低着头的人们，轻缓地摇动……

秋天为我送来了凉风
落叶把石阶上的足迹掩埋
一丛小小的黄花，静静地开
如同黄昏的光线，温暖而寂寞

2017.11.17

三川记

1

山岩在左，溪水向右
中间是太阳抛撒出的大把金币
稀稀疏疏的土房子
如同黑色枝条上深秋的柿子
隐藏在角角落落
顺着山路，车子拐过一道弯又一道弯
在阴影与光亮之间摇荡
我的心也跟着跳动
如这原始森林中
白色焰火般跑过的一只兔子

2

深山中的开阔地
狭长，平坦，如绷紧的吊床
河水拱动着身子，从中间爬过
她是这片土地上，所有生灵的孕育者
但从不以母亲自居

沙地里的玉米秆，如同战后的士兵
只剩下黑瘦的空皮囊
他们等待着雨水，等待着雪
将他们轻轻埋葬

3

秋风吹过树林
夕阳的碎片，落向湖泊
几只野鸟
在长满苔藓的岩石间
踯躅。两只甲虫
在一枚即将枯败的叶子上
爬来爬去
有人正伸出手
拿走白昼放置在湖上的光

*三川，地名，在陕西省略阳县五龙洞境内。

2017.11.19

上付家山

二十年过去了，这山顶上
飘飘荡荡的云朵
还和当初一样软，一样白
适于眺望远方，也适于游子思归
这山坳里的黄土，还和当年一样厚，一样肥
适于庄稼生长，也适于
叶落归根……

2019.4.2

响水沟

我是这个地方多出来的一部分
语言也是。在这里，我放下了生活中
一切繁杂的念想。但我不能控制自己的欲望
要为它写一首诗，而这首诗
也将成为多余的。这里有无穷的动
所构成的静：溪流，瀑布，鸟鸣，雨珠滴落在
树叶子上发出的钝响，植物从腐殖壤中
缓缓探出娇嫩的芽
林间窥伺捕食的野兽，努力控制着的呼吸
苔藓在青铜器般的石头上，悄悄开出
米粒大的花朵……

2021.5.24

在玫瑰园

（一）神秘边缘

往深处走
那里有最娇艳的玫瑰，有青草地
道路，将把我们带到神秘边缘
但我们不能再前进一步

一开始，我们并不知道
她叫玫瑰，并不知道这些诱人的红
和黄，来自哪里
我们爱，但我们并不了解

我们看见的是她
还是自己？

（二）天问

我看着你，感觉你真实、清晰
但当我扎破内心的气球，我感觉到
你的虚构性，你被局限在这里，此刻

如同梦境中的飞翔
而我，走不进你的内心

作为一朵花，你是一个秘密
一个王国里封闭的殿宇。站在花园里
我必将一万次地问苍冥：怎么做
才能找到通往你的路径？

（三）与玫瑰交谈

我们来，我们站在你面前
注视着雨中的你
阳光下的你，以及
沙尘弥漫中，渐渐消隐的你

我们拍下你，画下你
在宣纸和电脑上，写下你
但我们拍，我们画，我们写
我们留给世人的，不是你

一朵玫瑰，即将消失
任何人的意志，都不能改变
这残酷，和这残酷背后的唯一性
这就是我们来看你的原因

（四）花坟

这些是玫瑰花瓣
寄自昨夜的风雨。如果你是从
曹雪芹的梦里走来
你将会流泪，哭泣，埋葬它们

但你做得更彻底
你把它们装进杯子，用滚水浸泡
然后喝下它的颜色，它的味道
你的身体，成为一座花坟

（五）永恒的馈赠

这是十万朵玫瑰中
唯一没有被选中的一朵
却被永恒选中了。它将带着自己的光芒飞升
而我，坐在碎石间，望着苍穹
望着这一朵玫瑰
它黑色的气流，将环绕我疲倦的躯体
我知道这就是时间与爱
我唯一可以依恃的
永恒的馈赠

2019.5.16

俯临大地

（一）西狭

西狭。大风吹落巨石
弧形的月亮
交出永恒的灯盏，照耀尘世

秋天的杉树，立在水中
水，镶在岩石与岩石之间。岩石
孤立于时间之外

一个叫仇靖的古人
把汉字刻上悬崖，让这荒凉的
野地，多出了一点人情味

*西狭，位于甘肃省成县境内，因书法名碑《西狭颂》
而闻名。
*仇靖，字汉德，汉武都下辨（今甘肃成县）人，汉代
名碑《西狭颂》与《郙阁颂》的撰刻者。

（二）山谷中

徒步在这巨石丛生的山谷
一只鸟，站在水杉树上
婉转地鸣叫

人们谈话、唱歌的声音
夹杂在鸟鸣中
瞬刻间，消失于幽暗的丛林

为了这青苔遍布的石头
这丛林与鸟鸣，为了这流水边
悄然绽放的野菊

我愿意放下自己，我愿意
放下对永恒的欲望

（三）倾听水声

水从山间来，从天空来
从千万树木的根系，从星河的裂隙
旋舞着，跃动着，飘洒而来

请听这浩大的水声

那是山野在呼喊，是天空在歌唱
那是大自然的诵经声

树木，青草，鸟兽，石头
他们熟悉这声音。他们熟悉这声音
带给灵魂深处的震颤……

（四）瀑布

我们站在那女子深深垂落的
长发下面
我们看那青丝飘动
接受她的轻抚带给我们的凉意

她是孤独站立得太久了
肩膀上长满青苔，裙裾间落下碎屑
只有这湿润的长发
给我们传递着落寞的情怀

我们想要抱她，就只能
抱抱她散落的秀发，但即便是这样
她也会浇湿我们干枯的躯体
来一场刻骨的爱恋

（五）在石头间

这些石头，被雨水淋湿
因此，他们呈现出更加清晰的纹路
苦苣，羊齿苋，荠菜，芨芨草
这些从《诗经》中长出来的植物
叶子上滚动着水珠
挨挤着，站在圆润、干净的石头中间
而你，站在石头与植物之间
秋天的光、气息
都缓缓汇聚过来，围拱起一片
轻盈的明媚

（六）红山果

你伸出手，身子斜出石径
云彩向左移动了五厘米，眷恋也随着
探出了五厘米

午后，你摘来红山果

你有盈盈浅笑，纤纤素手
你把它递给我，如同递给我一片霞光
递给我，一颗瑰丽的宝石

（七）小野菊

这些杯子，有着精致、优雅的外形
和鲜活、彻底的金黄色

早晨，它们装着几粒晶莹的露珠
那是夜晚的天空，献给大地的钻石

中午，它们盛满透明的光亮
那是白日的星辰，熠熠生辉

当我驱车路过它的身旁
杯盏里涌动着我的渴望

那来自久远、来自生命的
对纯粹的呼唤。

（八）俯临大地

白云在天上，投射阴影
让下界的山峦变暗

这些山在远处
如同海浪，翻卷着自己

日光与阴影交错的群峰
呈现出万物的衰荣

我在它们之间
扇动灵魂的双翼

如同一只鹰，俯临大地
却从未试图挣脱

（九）马莲花

我在四月的末尾遇见她
时间已是午后，人们用相机不断拍她
她无动于衷。她短暂、易逝
因此不准备再挪动地方

天空中，云正向四处飘荡
那些空出来的地方
将生长出另外的云朵。她们随遇而安
因此不准备再回到原来的位置

我在蓝色马莲花与白色的云朵间
走走停停。我是一个人，我只能永远

处于她们二者之间。

（十）在花桥

花开得够好了，红，黄，蓝，或者紫
都开得那么彻底，纯粹，不计后果
孩子们从长坝河堤上跑过
河水绕过石头，向远处流去

这里有太多的磨盘，它们碾轧过什么
人群中，那些惊艳或者平淡的脸
出现，消失，他们怀有怎样的悲喜
或者欲望？

我不再想那些伤心的过往，也不会
对即将到来的日子，充满隐忧或者奢望
不管它们曾碾轧过什么，还将碾轧什么
我此刻在这里，沐浴着人间的光

（十一）紫槐花

一穗一穗的，从枝条上垂下来
那种深深的紫色
深深的，没有办法形容

如同你对着，坐在你面前的这个女子
低垂着头，有很多话
沉积在内心，像槐花，像槐花的紫
一穗一穗加重，一层一层加深
一直没有说出来
而且，永远也不会说出来
直到它们枯萎，凋零，化为泥土……

（十二）何家庄
　　　　——致李永康老师

这个村子，我们来过，现在我又来
水车已在某一时刻停转
荒草长在路旁，我们喝酒的那间房子
我想，已落满灰尘

张霞在拍今天的花朵，她将证明
有一些美，有一些时光
将违反自然的法则。而光线
将长久停留在被它照亮的地方

远山逶迤青翠，白云独自往返
我们将不歌，不哭，不饮，不醉
只是慢慢地想一个人

想你清风朗日，盛放如紫色的马莲

这就是世间。我们将一再品尝
这些滋味。度过劫难，你仍闪闪发光
唯愿你三餐四季，一切安好
再相见时，共待月移窗下，诗醒樽前

★李永康，甘肃省康县马莲人，当代诗人、摄影家。

（十三）瓦与花

我曾经受切割与煅烧，历遍风吹雨打
承受过闪电与雪花
然后，我放下自己，成为旧物
小小的你，盛开在我面前
如同深黑记忆里一抹亮光，抚摸那些岁月
那些灰。现在，它们都已沉睡
唯有你，唤起我作为一片瓦的激情
虽然我，依旧深深俯首，但却凝视着
内心的天空，那片高处的生活

（十四）听曲

几个女人，和拉胡琴的男人

在山坡上，唱起了小曲
她们手里的盘子、筷子与擀面杖
瞬间化为乐器和道具

她们的唱词古旧，她们的舞姿拙朴
她们的腔调与曲词，都来自这深山中
一层一层人，活泼泼的日子

当歌声响起，山野变得安静
风暂停吹拂，崖壁上一树盛开的刺玫
忘记了吐出香气

那是他们共同的曲子，那是他们
共同的记忆，那是这石缝中、黄土里
长出来的
酸甜苦辣的生活

（十五）瓢儿花

再小的花朵上，都有细碎的阴影
再小的花瓣上，也都落着阳光

五月，瓢儿会结出酸酸甜甜的果实
它们或者被吃掉，或者落进泥土

在它们深陷的生活里，它们也许歌唱
也许沉默，但不会改变，不会离开

*飘儿，即野草莓，适生于秦岭南麓，五月成熟，色呈
红白，酸甜可口。

（十六）天鹅湖边

站在天鹅湖边，我想痛快地哭一场
她是那么美，但是她不理我
她是那么美，但是她不属于我
也未曾在我耳边，说一句温柔的话

这些对我置若罔闻的
黑天鹅，白天鹅，这一大片绿色的水
和向天际拖曳着的蓝色树林子
她们从不知拥抱、亲吻为何物

但我还是那么心甘情愿地
被征服了。然后变成一个不彻底的人
一个没有自我的人，一个想哭
又没好意思哭出来的人

（十七）在树林里

我们坐着。那些树，伸出粗壮的手臂
把天空环抱起来
有一些细碎的光斑，穿过叶子间的缝隙
跳下来，躺在我们的脚旁
过一小会，水滴便倏地落向我们头顶
青草地，一直延伸到湖岸边
我们坐在这树林子里
清凉的石凳上，都不说话，都看着远处
那里，湖泊正涌动着细细的波纹
我感觉我的内心，也涌动着一片湖水
它们是那么细腻，微小，不易察觉
但是我知道，它们在寻找自己的岸……

（十八）梅园

如果有一个地方
可以让你明白过来，你真实的内心
喜爱什么，想要什么
这就是梅园了

将自己放入梅园的人
必将慢慢变为

梅园的一部分。一片叶是什么样子
一只鸟是什么样子
他也将成为什么样子

或者说，他将拥有人类
认识自我之前，对大自然和他者的感受
如果恐惧，他将燃起篝火
如果恋爱，他将把好吃的果子
递给自己的情人

（十九）读阳坝

读一首诗，读她眼窝里，透出的笑
读她低下头时
鼻翼下，浅淡的阴影
读她头顶上空，被晚风打翻的墨水瓶
读它们随意涂抹出的
慌乱的句子，读那紧紧攥在
她手心的一枚叶子
读黄昏到来时，心里的敲鼓人
读红灯亮起后，她含情脉脉的眼神
然后，读一首诗的结尾：
梅园河水寂寞地滑过青色的石头
繁茂的枫杨树林，在夜色中彼此低语

它们终将说出泥土的秘密
你所遇到的一切，都是应该发生的
在阳坝，在世上，你不应该恐惧
不应该恨，要去接受，去感恩
要去热爱那些明亮的事物，美好的事物
也要拥抱那些阴影，那些疤痕

（二十）夜晚

夜晚多么安宁
车里多么安宁，车的外面
辽阔的山野里
那些树林子、溪流、石头与花朵
多么安宁

我们坐在一起
我们成为植物与动物以后
幸福了很久
现在，车灯的余光
忽闪在脸上，我们沉入了睡梦

这块土地是蓝色的
如同地球最初或最后的样子
我们卸下了所有，一切

肩靠着肩，头挨着头
睡在这宁静的夜里
如同船紧靠着岸

我感谢这样的夜晚
我眷恋这样的岸

2017.9—2019.5

第二辑

入　世

秋歌

（一）鸡冠花

紫红的鸡冠花
如同僧侣头上的帽子
盛开在秋天的野地
他们在山中、在草木间打坐
有着入定后的安详
秋天啊，你来到人世
默默颂祷着古老的经文
并把自己偷偷放进
这些鸡冠花的身体中
让他们代表你，又把这世界
深爱了一回

（二）竹林中

穿着网鞋，徒步走过竹林中
青草蔓生的小路
雨水透过鞋面，浸入脚背
秋天微凉的手，轻触干燥的肌肤

如同一枚陈年的坚果

硬壳渐渐脱落

长满麻子的野梨

被鸟儿啄破的身体，在细雨中

静静坐于枝头。它们白来世间一趟

随遇而安，没有怨言

等待着落地，腐朽，化为泥土

然后，再次重复自己的命运

（三）野地的光

坐在山坡上

一座破旧、简陋的土房子门口

看远山渐渐起雾，消隐

雨水，顺着黑色的瓦片

流入檐下的水沟中，清洗褐色的石头

缠绕着篱笆的牵牛花，开始枯萎

秋海棠在墙根，默默承受

雨水的敲打。我们就这样坐着

看野地的光，逐渐转暗

而万物安详，坦然

默默恪守着大地的秩序

（四）佳酿

秋雨过后。田野中
树叶开始变红，泛黄
湿黑的枝条上
毛栗子像一个个小刺猬，正在使劲
把果子拱出躯壳。他们渴望着
奉献自己饱满的甜。而我
回味着五月
这山坡上星星点点的野草莓
它们多像我现在的样子
身体弯曲，头颅低垂
有一点疲惫，有一点酸楚
最终，却由于时光的酝酿，透出
一股纯甜的滋味

（五）收玉米的人

溪流与树林之间的坡地上
远远的，有几个人在收玉米
更多的人已经收工回家
有几块地，收完庄稼，裸露出
褐色的皮肤，松弛，凌乱
有一种安适的疲惫

有的玉米还没有掰下
它们静静站着，等待人们
接它们回家。这是中午
一头牛站在树下，啃着玉米秆
溪流对面的村子里
炊烟升起，就像村庄对那几个
留在地里的人，柔软的呼喊

2017.9.15

九枚寂静

1

细雨落下
金家河干净的河道中
那些湿黑的石头
有着让人喜欢的，微凉

2

石头们坐在旧屋子里
门外，滞留在葡萄叶子上的水滴
带着时间的重量，缓慢滑落
沙地上，雨渍渐深，无人察觉

3

木瓜，泛着青涩的光
静静地立在午后的院子里
它暂时还没有发出香味，就像时光
还没陈旧到让人哭泣

4

青苔，细碎的植物
从石头中长出。我告诉你
我在这里想你，石头与我都静静的
空气里，有淡淡的甜味

5

午睡醒来，隔着窗子
我看见屋后的植物，闪闪发光
它们在寂静的山坡上，藤叶蔓生
让我想起，一些微温的往事

6

我想就这样，独自坐着
写字，饮茶，听雨，直到黄昏
然后打一把伞出去
看被雨打湿的木棉，静静地哭泣

7

雨稍稍停歇，蝴蝶就会出来

绕着花朵与石头

低低地飞。它们是如此倦怠

但又不愿意，虚掷光阴

8

秋天了。河水清凉

它晶莹，细碎，走得缓慢

我把它捧在手心，想挽留一会儿

它穿过我的手，打湿了我的心

9

金家河，一个小镇

薄暮时分，我打着伞

从她的街心穿过，屋顶上炊烟升起

让我的心，起了莫名的暖意

2017.9.4

干河坝

此时，雨正落在我看见的这些事物上：
一辆锈迹斑斑的重型卡车
由废轮胎、脏塑料管、瘪汽油桶
以及破电机、旧钢丝绳构成的凌乱弃物堆
另一边，一个锈黄的硕大输送罐……
一只麻雀在车顶上啄食片刻
突然向河滩上飞去
而雨，不间断地落下来
一些闪着亮光的草，正穿过废铁间的空隙
重新占领这块沉寂的土地……

★干河坝，地名，位于陕西省略阳县郭镇境内。

2018.6.17

与我同在的事物

江水流动。石头散落在灌木丛周围
宝成铁路线上，此刻没有火车
两个穿黄色工装的人，隔着几根黑色电线杆
向彼此呼喊着什么
雨后，褐色的岩石，难以察觉地呼吸着
湿润的空气——
它们肯定变得柔软了一点，只是我们
难以涉水，走近去触摸。江水浩荡的声音之上
是我的脚步声，和几粒鸟鸣
我感觉，它们无限靠近着永恒
此刻，我一一记录下它们
不是风景，而是与我一起存在的事物

2019.6.17

中川河

中川河总是拐来拐去
她的乖巧
刚好迎合了大山的坏脾气

这些倔强的石头
想坐在哪儿，就坐在哪儿
从来不考虑水的感受
也从没想过要挪挪屁股

这很符合中国古人的想法
他们用汉字写出经卷
教大家学习水流
要"善利万物而不争"

中川河水流淌了千年
仍然晶亮，透彻
她是多么柔弱
又多么坚韧啊

有一天我来到中川河边

就不想再离开，如她两岸那些
枝繁叶茂的麻柳树

2018.6.8

石头与水

1

这些石头从哪里来？
如此突兀，又如此自然地出现
河水路过，围绕着他们
停留了一小会儿

有一小部分水，定居在石头上
让他们的花纹更加清晰
如同亲吻过后，更加鲜艳的
少女的嘴唇……

2

这些石头，这些水，这些花草
明丽得有些忧伤

有时候，蝴蝶和蜻蜓飞来
停在石头上，好像在交谈着什么
水缓缓地从中间流去

如同长短不一、雪白的手臂
伸过来揽住石头的腰身
和上面的蝴蝶、蜻蜓

他们的爱，细小，轻微，不易察觉
但也长久，盛大，姿态横生

3

这片水潭，把一小块天空含在嘴里
自己也变成蓝色的了
石头坐在天空里，也蒙上一层淡淡的蓝
石头的梦，终于开出了秋日的花

天空，水潭，石头，花草
都静静的，与世无争，无挂无碍
他们没有什么用处。人们来了，去了
他们在着，流着，开着

2018.9.17

白河

我们总是不能知晓

一条河流的所有秘密，比如白河

当我写到它出太阳山，过铁厂坝、碾子坪

穿仙台坝、两河口、黑河

这些地名

与白河的水流，水流中的小鱼

河心的石头，两岸的灌木、水草

野兽以及昆虫

毫无关系。有时候我自不量力

想去认识这条河流

它有着原始、野拙的外形

河道中布满巨大的石头与疯长的植物

但它毫不吝惜，也不节制

当粗暴的雨季来临

它一次又一次漫出河床

狠狠击打着它们，最终又变得清澈、安宁

有时候，我想进入它的内部

但我也只能抚摸一下那些光滑的石头

坐在树荫里，将双脚浸入水流

它说着我们听不懂的话语

其实等同于永远沉默

人们站在河岸，看着它蜿蜒流过

赞美它优美、灵动的腰身

却总是浮于表面。人们说它是一条

母亲河，但它所做的一切

都只是顺便。它只是流淌

恰好经过了一些地方

喂养了几个村庄。它有着怎样的灵魂

始终无人知晓

2023.8.10

新店子

雨落进午后，我身处的这空间
寂静，蓦然变得突兀而锋利
山水在云雾中，一片模糊
远处的峰峦与森林，如同稀薄的记忆
唯美而又微凉。我再次爱上白河中
那些巨大的石头——
它们原始，野拙，棱角分明
体内存贮着闪电，却从不外泄
如同某种形式的爱。我在这里
待了一个下午，看着它们静卧在河床上
沉默，隐忍，就像埋伏在体内的那些伤口
我们对许多事无能为力。但正因为如此
我们才那么热爱这个世界的雨——
当它落在巨大的山野
我多想和它一样
轻轻抚摸这些被遗忘多年的石头

2023.4.18

石船

水从船上流过
我躺在水中，整个山野
天空中的云彩、光线，与无尽、彻底的
蓝，向我俯下身来

我终于来到这里，接受了
石头与水的诱惑
也接受了玉米林、森林与泥土
的诱惑
我向着童年，努力靠近了
几厘米——
我赤裸着，躺在这巨大、原始的石头上
像老虎、羚羊与鹿躺卧时
一样。沙石摩挲着我
细腻的皮肤
小鱼笨拙地碰撞上我的躯体
我听见它们轻笑着，并且互相询问：
这个家伙从哪里来？

鸟唱，蝉鸣，除过这些

只听见溪水汩汩
当我想到水流会因我的参与发生弯折
或者停留一小会儿
我感到了一种，被接纳的快乐

2023.8.9

山中清晨

一夜秋雨后
我们在窑坪河边的公路上
行驶。故乡的山岭
大片墨绿中夹杂着湿黑与淡黄
不断映入眼帘
白雾铺展开，缠绕、镶嵌
于山腰、山巅
天地肃瑟，冷冽……

这些我熟悉的山水
现已变得陌生——
我曾身处其中，在树林与岩石间
放牛，砍柴
那时候我向往远方
渴望着高楼、汽车与霓虹
幻想着与美丽的女孩子
相遇

现在，我一身烟尘
周身弥漫着焦灼、疼痛

懊悔与罪愆，希望一颗过度燃烧的心
慢慢冷却下来
与草木、溪涧为伍，滤洗去那些
渣滓、废物与毒素——
我需要这片山野的清晨
以及它的午后和黄昏

但我终究是一个过客
当车子疾驰而过
它们抛开我，越来越远……

2023.10.9

群峰在雨中默立

陕南的群山，此刻默立于
大雨之中。隔着水雾，它们的形体
显得异常模糊
特别是那些我们只能仰望的
峰顶
曾经在阳光下那么清晰、明亮
现在却一片灰暗
我想象着那些岩石、树林和草，以及
被归类为野兽与昆虫的
寄居者，它们怎么
度过这样的滂沱之日。但是模糊
并不是山的本质属性
当它们作为独立的山峰
这一座，那一座，一座连着一座
安稳，坚固，岿然不动
在雨中默立，便如同一群
祈祷的巨人
向大地俯下了身子。而此刻驱车于
群峰之间、高速路上的我，烦乱、躁动
不安的内心，逐渐变得平静——

大山不说什么，但它时刻
都在成为各种生命的拯救者

2023.8.14

野刺梨

如同山野中奔跑的童年
在记忆的舌尖上，酸酸甜甜地
滑动。我曾经喝过，醉过
为那永不再来的往日
笑过，哭过

最后一次，外爷，是你
带我从马蹄湾回鱼剪坝的路上
为了给小外孙解渴
试图在铁轨上磕开那瓶
暗红的野刺梨

当瓶底撞碎，那来自山野的
又回归山野，如同人生中幸福的时刻
瞬间消失在道砟缝里
那时你微微弯下、衰老的身影
多么像山地里一棵孤独的野刺梨

经历了世纪的风雨后
你已成为泥土的一部分

而我活在人世，酸酸甜甜地怀念你
你不会看见，我全部的生活
只是撞碎了瓶底
消失在道砟中的野刺梨

2017.7.8

深夜听雨

带着一身夜色，从高空落下
成为地上的事物
敲击睡梦中的屋顶，也敲击南山上
树木的叶子，与嘉陵江边的石头

当我在一个失眠、惊悸的夜晚
听见雨声，我已在尘世漂泊多年
我想起披着蓑衣放牛的少年
踯躅在细雨中，在青草逶迤的河岸

一切都已远去，消失在沙漏中
如今我荒凉而悲伤，多想走进雨雾
湮没在山林、石头与落叶中
但我还要走很远的路，才能抵达夜晚
还要很久，才能安睡在一滴雨中

2017.7.5

小酒馆

我喜欢深山中一座小小的城
以及蛰伏在老街深处的小酒馆

它是一座木头搭建的老房子
拥有简易、安静、舒适的店面

靠窗的位置，放着一张
土漆暗红的小方桌，陈旧，干净

店家是一个熟人，给我们倒完茶
就走向屋后的小菜园

炒一盘香菇青菜，烧一碟麻婆豆腐
炖一小钵清汤，打一壶自酿的苞谷酒

我们，慢慢地喝着
说着过去，或者远方的事情

神情淡漠，温润。我们已经把
生活经历过了，爱过了，也痛过了

如果可以，就让窗外飘着雪花
让暮色，酒劲一样缓缓升起

此刻，石板小街上空无一人
如同我们，百年以后的尘世……

2017.7.8

午后

窗外，天空暗淡，浓云低垂
秋天把南山上的树叶子，弄得枯黄，凌乱
山们肃立着，好像在思考什么
与这个季节相关的大问题

我在窗下坐着
读周公度的《食钵与星宇》
当读到《一个梦》，读到《我相信梦境》
我抬头向窗外望了望

电脑上正播放庄心妍的歌
《魔鬼中的天使》和《以后的以后》
我看一眼窗外，叶子落下来
分别落进嘉陵江水，与我的灵魂

2017.11.9

去江边

我们去江边吧！
当黄昏把最后的光线
投进沉默的群山，让我们向那
永不再来的时日，举杯

所有艰难困苦
爱，怜悯，伤痕，记忆
如那枯干的叶子，都将没入
无时态的流水

这江边的石头
前人坐过，我们离开以后
许多年轻或衰老的人
还会来坐……

2017.2.16

盘山路

第一圈，我们谈论着单位、工资
指点着沿途的厂房、烟田与小卖部
计算着它们可能的成本和收益
第二圈，我们穿过一座村庄
望着那些散布在荒野中少有人居的房子
那些牛圈、猪舍与颓圮的墙垣
猜测着它们的主人
曾经的生活，他们有没有进过县城
第三圈，林草更加丰茂
道路更加崎岖，转过一个弯又一个弯
我们紧盯着脚下的云雾与深渊
心脏一阵阵收紧
第四圈，攀上峰顶，空气陡然凛冽
低处，城镇、村庄与工厂
如一堆堆弃置的玩具，笼罩在一片雾气中
沉黯，凌乱，渺小
近处，山崖峭拔，泥土洁净，落叶铺陈
山林中泉水喷涌，野花绽开
鸟儿的鸣唱，构成盛大的寂静
而高处白云悠悠，空阔无际，光芒

荡开灰尘与烟岚

投射在万物之上，撑开我们萎缩的躯体

站在山顶，阵阵清风拂面

如一壶烈酒，浇着炽燃的万古愁

2022.10.10

登高

九月九日，我们驱车
沿一条陌生小路
经九股树前往虞关。突然发现
拥有了绝对的海拔
我知道，南秦岭千山万壑
正在展露出秋天的
峥嵘

山岭，沟谷，森林
构成无尽的远方
最终消失在目力所及之外的
未知与虚空，我知道
它们正集合为一声
难以抑制的
呼喊

我知道王维与杜甫
已经逝去多年
我们的孤独，成为更深的宿命
此时，此地，我首先抵达

然后抗拒

卑微者的疼痛

我知道人间凉薄

即使登高

也无人可怀，无事可忆

但我仍被照亮，如一片红叶

有着经霜后的明丽——

我知道高处虽不胜寒

却有着难得的安宁

与洁净

2023.11.4

与野菊合照

在山顶，与一丛野菊合照
寂寞的烟雾
透过午后的蔚蓝，向着远空飘逝

小小的菊花也可以
生长在高高的山顶，在石缝中
扎根，在南秦岭，千山万壑间
静静地，如同没有般开放

小小的野菊
她在高处，不管温暖
还是寒冷。我望着她，有了
一丝儿的快慰。我已经一无所有了
但我正和这丛野菊合照

在山顶，面对一丛野菊
我久久伫立，不愿离开。跟她相比
我孤独得还不够彻底

2023.11.5

在佛坪

我认识他。通过这些
陈列在远处的山岭
它们为我送来了烟雾般的绿意
而白云，在山巅上肆意缠绕
聚集又消散。它们存在的形态
已经持续多年
而且还将持续下去

在开满玉兰花的夜晚
那条湿漉漉、空荡荡的街道上
我们的影子
安静地摇晃，如同佛前的
几盏油灯。桥梁安静地横过河流
横过如此干净的黑暗

我突然进入他的内部——
佛。我看见他怎样走出泥土、黄金
与三千经卷的束缚
在一阵明亮的细雨里，在古树

苍翠的枝条里，一再降生为
需要被重新认识的事物

2019.6.12

茶经

顺着远远的山脊线，雪
把自己安顿下来
等待着遥遥相对的丘陵里
萌芽中的绿

清明过后，有人用沸腾的雪
煮着刚刚苏醒的叶子
"碗底一声欸乃，香气婉转鸣唱……"

我捧着它们，凝视
那烟岚，云雾，来自八面的风
如捧着
一卷水写的经文

它们冲刷着我的脏腑
如同一场雪，洗着尘世

2019.1.9

火烧店

在这片绿色的焰火里，我不禁要问
是谁，举起了最初的火把
然后，给予这里一个无法忘却的名字

上溯两千年，这里驻扎着汉王的军队
上溯五百年，这里祖居着汉人的子孙
现在，这里是汉族农业文化博物馆

我来，随手抓起一把鸟鸣，一缕花香
我们明明在祭奠什么，追索什么
可又说不明白。我们只是来走走，看看
然后又回到原来的位置

只有它永远是新鲜的，如一阵风
抚触着我们内心的漂泊、眼神里的空洞
与灵魂中的饥饿，并且把泥土的品质
重新置入我们空无已久的血液

2019.6.14

独处

微醺后，藏匿在内心的江湖
便挣脱了束缚
可以英雄气短，也可以儿女情长
可以在夜幕下
放开怀抱，捕捉四野的风

这良宵，万籁俱寂，只有你
揣想着远处的灯火
一个人柔情似水，一个人迷离如梦
远山的雪，落叶，石头，山顶的星星
都缓缓向你聚拢

此刻，你听见罗伯特·勃莱
在一首诗中自言自语：
"我没有在孤独中
度过的每一天，都浪费了！"

2019.1.9

雨书

（一）喜色

雨落下
雨，带着处子之身自群峰之上的天空
无边无际地，落下……

每一棵树，每一株草，每一朵花
都显露出恋爱者般的喜色
连同我这残损之身
也于灼痛中，有了一丝惬意的清凉

（二）节奏

溪水，正从长满青苔的石阶上
蹦蹦跳跳落下
她带着古琴的节奏，和草木的欢喜心
也应和着我的心率与脉搏

然后，山野回到了童年
而作为山野的一部分，作为这山野

可有可无的一部分
我欣慰于获得了新的身份

（三）花开

蒿瓜花是黄色的，牵牛花是粉白色的
在她的根部，有一点淡淡的紫痕
灰灰菜露出了她紫红色的腰身
马莲花，已经成为了浆果的前世

丝瓜有着优美的弧度
小葡萄，泛着让人心疼的微光
青核桃，静静坐于枝头
她们在雨中等待着，干净，鲜亮

这一切，时光都会来一一抚摸
让她们懂得爱与付出，最终向人间
交出完美的自己

（四）小草

三叶草是那么小
但她们都开出了繁复的小白花
在这里，有的是鲜艳的桃花、窈窕的杏花

有的是大红大紫的玫瑰与月季
谁稀罕路旁细细碎碎的三叶草呢

但雨同样落到她们身上
季节的力量，同样降临到她们身上
而这，才是大地想要告诉我们的事情

（五）齐物

雨并不是只落向植物，她也落向石头
落向泥土。落向低低地飞向树丛的一只黑蝴蝶
落向在溪石上跳跃的一只麻雀

她也落向人这种动物，落向我的头发
以及由人建造的屋顶上，灰黑的瓦片
和静卧在石碾上的一只狗

我无比详细、无比珍爱地罗列他们
是因为只有这山野中的雨
才能让世上的事物重新成为兄弟，与姐妹

2018.6.17

村庄：山水之间

（一）鱼剪坝

一半在山坡上承接阳光和雨水
一半在嘉陵江中清洗自己
一面墙上挂着镰刀、背篓和耙犁
一面墙上挂着渔网、蓑衣和斗笠

赤脚跑过沙滩上外婆家的花生地
坐在江水洗白的石头上
看江对面鸣鸣叫着的火车
消失在秦岭溪谷密布的森林里

外婆去世二十年了。一切
沉入幽暗，记忆的麻绳越来越细

（二）付家山

翻过山梁，是一片耀眼的苹果园
玉米林正在黄昏中，默默回味内心
逐渐加深的甜。晚饭后我们散步，聊天

嘉陵江在山下，弯曲成柔弱的细线

星星在我们头顶，发出暗淡的光
照亮鸣唱的蟋蟀。黄土路，寂静山岗上
一颗流星般
划过斜坡、蛰进草丛的野兔

远处，群峰息伏。大地和星空之间
一座村庄坐进夜色，褪作生命的底纹

（三）杨家滩

我们在山路上走着。山路下
深涧中的巨石，承受着寂静的重压
几声鸟鸣，敲击着天池里薄薄的冰面
白羊对着积雪，照见了自己的身影

风雪拉近了矮房子之间的距离
树与树结为白色的连理
荒凉园子里，芹菜举起雪粒
如同女孩子蓦然转身，伸手给你

站在高高的山坡上，一株花椒树
快乐于雪对自己的环抱与抚慰

（四）铁佛寺

这里的人，白天放羊、砍柴
在贫瘠的土地上
种植小麦、玉米、黄豆和高粱
晚上看电视，唱秦腔，扯鼾，做梦

为了改善生活，他们
拆掉手工艺人们雕梁画栋的房子
盖起粗糙、整齐的楼群
偶尔散落着古老的民居

唯一没有被毁坏、摒弃的
是荒草中那座矮旧的临济宗砖塔

（五）仙台坝

疏朗、干净的树林
如同清晨少女，斜掠过额际的刘海
麻雀叽叽喳喳，上下翻飞
为了让它，更像一个早起的村姑

白河用凉水喂养小鱼
当它弯弯的身躯，在石头间穿行

它多么想靠着村庄的膝盖
等一会儿，也许就会有人前来提水

仙台寺黯然矗立，荒草湮没的小径
等待着一声轻轻的木鱼

（六）观音寺

菩萨来过，然后又走了
她认为这里无须点化。在一个地名里
万山丛中的村子，依恋着黑河
湿润的嘴唇与手臂，安详，寂静

艰苦岁月，有人打家劫舍，占山为王
有人走州过县，腰缠万贯
坐拥方圆百里。有人说这里是世外桃源
有人说这里是蛮荒野地

只有岩鹰、野猪与石头般的村民
从未改变他们原始质朴的性情

（七）水磨坝

在一条高远、贫瘠的山沟里

水磨，承担起不属于自己的职能
它要在干涸的水道中，用废弃的木质磨轮
收集村庄的灰尘、杂物与往事

一些石头已经搬走
一些花朵，已经远嫁他乡
在留守人的目光里，荨麻、灌木逐年长高
正在将土地，还原成最初的样子

多年以后，是否有一群腰束兽皮的人
在丛林中钻木取火，结绳记事？

（八）麻柳铺

我想和当年的红军战士一样
轻轻走进麻柳铺，看看大山褶皱里
有着怎样的历史与秘密
隔着河流与田地，房子们是那么安静

我会遇见一棵早于村庄出生的麻柳树
一位抱着花猫的小女孩
我向他们询问麻柳铺的过往
他们指指天上的云彩，水里的鱼儿

多少以植物和动物命名的村庄
长出人类的丛林，又一茬茬随风消泯……

（九）白雀寺

你俯瞰着嘉陵江水：
一条河把紧密相连的大地
分成此岸与彼岸，命令人们
架桥，造船，修建码头

为了贮存布匹、粮食、茶叶与盐巴
人们建起一座镇子
为了容纳佛像、木鱼、香火与经书
人们又修起一座寺院

现在我们不过河。现在所有的寺
都只是一个误读的名字

（十）木匣沟

截留天空的一部分
悬崖峭壁的一部分，植入
几块土房子。滞留在时光深处的匣子
被悬空、弯曲的土路，所缠绕

本身就是记忆
当七十岁老者，唱起濒临失传的民歌
时间下陷，出现裂隙，幽暗的光
打捞起丧失的听觉

一种声音：木质的，石质的
在唇边燃起野火，在内心搅起情欲

（十一）乐素河

夹在两山之间，紧窄，狭长
当她穿上月光制作的
纱衣，我们正坐在
乡政府职工宿舍楼顶，喝酒

时间停滞，汇聚，或者
拥有了大山的结构，充满褶皱
缝隙，寂静的森林闪着光，溪流淙淙
蝴蝶，停在干净的石头上

夜里，温柔的瀑布从窗口泻入
给一个人的梦境，带来微微的战栗

（十二）瓦舍沟

瓦房。人们轻描淡写地叫道
这是你的小名。而你永远没有长大
沿着深沟两侧的山岭
你坚守原始的坡度，楼梯状盘旋而上

我们坐在房檐下，眺望远处
群山正腾起苍绿的烟雾
而厅房里熏黑的梁柱间，一片阳光
正穿过亮瓦，落在黄土地上

如同神放在尘世上的
一块镜子

（十三）程家湾

初夏，绿色山野闪着光
我们去泉边提水。一只斑鸠
停在香椿树上叫唤，那声音带着
新麦的香味，划开中午的寂静

突然，雨的纤锤
开始密密地敲击水桶周围

万千枝叶。粗犷的风诱惑着丛林
使它们在雨中狂舞

时间好像并未流逝。此刻我们
还提着泉水，在树下屏息静听

（十四）旧沙坪

石板铺的台阶，石碾，石碓窝
石墙上，长着虎耳草和青苔
人字形屋顶上空，伸出粗黑的核桃枝
挂着一串串深红的柿饼

瓦片上堆满落叶的土房子里
火炉边煨着苞谷酒
鸡、狗、猪，在院子里慢悠悠踱步
牛在牛圈里静静地反刍

身前身后的山谷、森林，岁岁枯荣
呈送着无尽的丰饶与荒凉

（十五）坛子湾

山坡上，那五棵黄连木

已经老得模糊了年轮。在春天
它们依然抽条，结实。周边的黄土
不断孕育出粮食与酒

山坳里的村庄
也是古老的，仿佛时间的魔法
只是一个传说，连地里的蔬菜、水果
都透着质朴与谦卑

一切缓慢而结实。每一段时光
都被手写为繁体的生活

（十六）两河口

多么柔软的交汇
如同恋人的两只手，扣在了一起
西汉水，嘉陵江，有多少女儿
母亲与外婆的故事等待讲述

我常常来你身边，祖母般的黄连木
等待西河上的木船，在钟声里，渡我
从西岸到东岸，从两河口到鱼剪坝
让江水，抚平内心波动的峰峦

我是要让你渡我去外婆家
去外婆家，就是去经书里的彼岸

（十七）青岗坪

如今我坐在这里，眼前
只有白与黑。那是积在岩石上的雪
是开白花的溪流中沉默的石头
是几座熏黑的房子，以及

门前铁丝上晾晒的衣服
我让自己走得慢些，再慢些
好辨认它们。如同中世纪的欧洲骑士
在寻找遗失了的圣杯

我那么仔细地，想要找出曾经
无比幸福地穿在你身上的那一件

（十八）贤村湾

隔着湖泊，隔着浮游于湖心
那只孤独的天鹅
古老的瓦房与树，把自己的影子
投入青绿色的水中

沿着阳光与枯枝铺就的
弯弯曲曲的路，我们走进竹林
寻找多年未见的故人。好脾气的酒
在坛子里耐心等待着

这里叫贤村，贤是竹林七贤的贤
也是不远处那座普贤殿的贤

（十九）西淮坝

向西是无尽的峰峦，向东
也是无尽的峰峦。叫作犀牛、浊水的
河流，在这里变得清幽，和缓
四月，你是一条金色的织毯

贴着红对联的旧木门上
也贴着门神。鸟鸣
从竹林与树丛中传来。老人与孩子
在山坡上放牧着牛羊

天上的云，一会儿在甘肃，一会儿在陕南
唯有村庄岿然不动，如在邃古

（二十）寒峰村

旧时的雪，照着崭新的草木
白头的山峰下
枫树，把叶子燃成血液
玫瑰绽放，古藤讲着时髦的语言

金家河边沉默的巨石
贮存着马帮的汗息、纷乱的蹄迹
群峰之上，石城默然耸峙
众神的杀伐之声，泊在月光里

花满枝丫的樱桃，与一池枯荷间
深藏着岁月的春秋笔法

2017.2.5

第三辑

独　坐

细雪

新年的早晨，细碎的雪花
徐徐飘落，在我们的视线中，短暂停留
旋即落在房顶、树窠、水沟与泥地上
这注定要融化、消失的事物
让冬天的空气，变得潮润

它带着蓦然的惊喜，怅惘
几许莫名的期待
如同一种祈祷，或静穆、轻缓的音乐
在我们的生活中闪耀片刻
最终又渗入地底，成为黑暗的一部分

但它毕竟，闪耀了片刻，当它
融入黑暗，也带着些潮润，与微温
就是这样，都是这样，总是这样
闪耀片刻，并与冷硬、彻底的黑暗
有些微的不同。也就够了

2023.1.1

大山和它的阴影

在一些晴朗的傍晚，你会看见
大山和它的阴影：一半沐浴在明亮的辉光中
另一半，沉浸在灰暗、虚无的包裹中
你会感觉到，一种巨大的伤感逐渐弥漫开来
那属于阴影、属于黑暗的部分
好像是山峰弯下了身子，要去抱紧一点什么
而你永不知晓，它们沉默、隐忍的内心
正在经历什么，正在感知什么

2022.8.22

在南山独坐

阳光落在群山以远
也落在我身上，满山的灌木、竹林
松树的枝条，在风中摇动
文峰古塔，保留着明朝的质朴与挺拔
老人、女人与孩子，无限靠近一树
过早烂漫的花

远处，发电厂的冷却塔
不断喷吐白色的水汽
脚下的小城，汇聚起人类制造的喧嚣
那些车辆、行人与树丛
形似蚁虫，细如草芥，渺若尘埃
各自迎接着自己的春天

我在这里独坐，望着尘世的面容
然后把目光，投向天空中
逶迤伸展的峰峦
我知道，我所获得的和我所失去的
都不会再让我欢喜或者悲伤

我将坐在这里，静待太阳落山
然后回到自己的屋子，把灯点亮
我将愉快于做一棵野草，或一只甲虫
长久地，活在尘埃之中
直到和他们融为一体

2019.3.10

去陈村

突然间，好像所有的阳光
都照在了这片湖泊和它周围植物的
花与叶子上
而世上所有的水和植物都赶来了
仿佛一群虔诚的信徒
在倾听光的布道
于是，我们沿着湖边小路徒步一圈
在每一株花树前拍照
努力保留一些来过的证据
此刻每个人都幻想着
成了它们中的一员，哪怕只是今天
这一刻，与这些人，在这片湖岸
我们兴奋甚至甜蜜地走着
在干净的阳光下，在绚烂的宁静中
谈起某一部电视剧的细节
职场上的尔虞我诈
以及内心的闷雷
与闪电。我们觉得天已经热了起来
于是恋恋不舍地离开陈村
去找一个阴凉的所在

2024.5.4

菊花

阳光甚好。四周很静
只有一点点风——
我走出蜗居数月的小区
离开闹市与人群，在南山下
广场上，坐了几分钟

我的脚边
一大丛菊花正开得恣肆
八渡湖的水，在离我不远的地方
翻过了一道翻板闸

我惊异于
那么幽静、碧蓝的湖水
在跌落的刹那
那种纯净的白与破空的喧嚣
如一场持续的雪崩
孕育出巨大的宁静

2022.10.18

爬山虎

是谁的手，将你们放置在这深秋的光里

在江神庙古老的石阶上，在那些具有狰狞面孔

与凶恶姿势的石狮、石龟与龙头上，甚至

攀上嘉陵书院巨大的洗墨石缸

仿佛一群身穿斑斓衣裙的少女，如此顽皮而妩媚地

牵扯着它们的鼻子、耳朵、毛发与蹄爪

蒙上它们的眼睛，装饰它们的悍躯

是谁的手，附身这坚韧而恣意的植物

赋予石化的动物以生之气息、情态与妙趣

如同它们找到了水与光的入口

培植了复活的种子，从内部抽出了枝条

因此，它们才有了生之神采、律动与枯荣，因此

它们才有了生之涯岸：这是它们隐秘的渴望

而谁，用他残忍的手

将你们彻底暴露了出来？

2020.11.1

凌晨四点的鸟鸣

凌晨四点，我从焦灼的梦境中醒来

突然听到一阵鸟鸣

单纯、坚定，一再地重复，如同寻觅

同伴的踪迹，或者催促一种

新事物的诞生

这是什么鸟，在夜里鸣叫

什么让它放弃了睡眠，是太过寂静的夜

还是一阵毫无来由的惊悸与骚动？

我想起自己也曾以鸟儿的形态

存活于世，如今却带着满身的灰尘与伤痕

躺在这被青山拱卫着的小城

我的翅膀息伏下来，我纷披的毛发

慵懒地收回身体。然后

我听到了这些鸟鸣

如同历史和大地的教诲，或某种

求救或接头的信号。我久久凝望窗外

寂静的黑暗，心里热切地应答着：

我在这里，我在这里……

2021.6.6

登城固望景台

对面，松林寂静。天空
白云寂静
远处的油菜花田，摆放在旷远土地上的
红房子、马路与汽车，寂静

此刻，喧闹的是阳光
是刘邦与萧何手植的六棵大树
是不想停止的风
把历史的枯叶吹落到我们面前
是红房子里、马路上与汽车里的那些人
正在创造的这个时代

但是，站在这里不说话的人
心里明白
所有的喧闹都是假象
只有寂静，才会不断在尘埃落定之后
走出来收拾残局

2021.4.2

灵官峡

每一座山每一条河都有虚构的成分
当人们赋予它们一个名字，我们看见的
首先是这个称呼
而不是它们自己，比如这些巉岩、这些流水
这巨大、绵延的山峰之上色彩斑斓的树林
所有大地上的事物，最初都没有名字：
无名是一切存在的本质
但名字让我们具备了认识一种事物的可能
这表明有人先于我们看见了它
有人将秦岭以南、嘉陵江上游这块土地
将这一带逼仄、嶙峋的群山与澄澈、湍急的流水
以及它们构成的空间，命名为灵官峡
仿佛一个面目混沌的人，突然被凿出了七窍
拥有了自己的灵魂和属性
但其实，它内在的确定性来自于
这些石头的重量、颜色、纹理与质地
来自于江水的流速、声响、曲直与高低

2020.11.7

秦岭山中的云

一些树，一些石头，一些花草

还有一些房子

我确定它们是真实的

哪怕是想象中的真实。而此刻秦岭山中的云

正向这里聚集。它变幻莫测的形体

（正因为它变幻莫测，所以它才）

是世上唯一没有变化的东西

我一遍又一遍修改着

自己的内心，让它适应这些云，适应

被云朵笼罩的大地，适应

历史的翻手为云覆手为雨，适应

古典与现代的携手，梦境与现实的对抗

适应我们一生陷入诗里

却扯不住唐朝的一角衣襟

而秦岭山中的云

不管这些，它从空中落下来

停留在秦岭终结之处

2021.6.19

唐村

一片起起伏伏的山塬
有着我们熟悉的适合农耕的坡度
绿草地正向远处延伸，更远处是树林
再远处
一道连绵的山脉
截住了我的目光。我低下头
看见唐村，如一片梦境
在我眼前铺展开。我走进唐村如唐人走进
自己的传奇
我会遇上谁？红线，李娃，还是霍小玉
也许都不是，更可能的是
我会遇见李白、王维，或者白居易
但是相比于他们
我更想遇见给他们做饭、煮酒
一起话桑麻的
唐朝的农民

2021.6.19

秋天的花椒树

风吹。雨后的黄昏
你在那里，沉默
如闯荡江湖者，进入暮年

我嗅到你释放的讯息
仿佛为了再次证明
你的身份：你来自那片
已经冻结的河流

黑瓦寂静，土墙寂静
连那暗红色门窗上飞翔了四十年的燕子
也如此寂静
狗尾巴草与青菜
继续在各自的秩序中生长，好像已经
被如此坚定的呼唤所遗忘

而你站立着，枝丫横斜
那么疲惫，如一位花白头发的老人
在内心
默念着杂乱的往事与情感，一种

无声的忏悔
将自己重新交给命运

一切还没有开始
一切又已经太迟

2022.10.9

冬日独居

窗外，远山枯落
冻云黯淡的天空中
有人偷偷运送着冰凌，你听见了
他跑过楼下行道树顶时
枝条的惊呼

一座城，深陷在秦岭山中
你，深陷在这座城中
看不见的角落，有人蘸着夜色
磨着时光的锋刃
往刀口上，涂着剧毒

三十年来，那些得不到的爱
躲不掉的恨，那些
好不了的伤疤，渐入膏肓的病症
弥弥漫漫，覆盖过来
淹没此刻的肉身

你已手无寸铁，你已身无长物
你已深陷自我

深陷离弦箭般的尘世生活
想要全身而退，想要重新来过
已无可能……

2020.12.7

十二月

1

冷风吹动的早晨
清清浅浅的小河水
泛着白浪花
如同老家院子里，扑闪着大眼睛
坐在门墩上的妹妹

2

白霜蒙上了河边的石头，枯草
地里打瞌睡的油菜、麦苗
偶尔闪现的石板屋顶，锐利地蜇进了
随着车子移动的
眼睛

3

乌鸦翔集
它们时而在河岸边的乱石丛中觅食

时而飞上天空，落向光秃的树枝
秃枝：季节之船
竖起的桅杆

4

龚家营：一池枯荷
花朵死亡后，向时间竖起的一支支
矛
黑，瘦，硬

5

马路上
一个捡拾柴火的老人，佝着腰缓慢走过
他体内的河流，已经结冰
他体内蒙霜的石头，不断地硌着他
抖落一地的咳嗽，与疼

6

拴在白杨树下的老黄牛
鼻子里喷着白雾，低头在凌乱的玉米秆中间
寻觅

它用温热的嘴唇，拱动枯枝、石块

追逐一抹绿色

让我的心，一阵悸动

2017.12.9

寒峰

雨雾弥漫。无边的纱衣
裹着一片粗糙、凹凸的腰身
远远的，寒峰晕染上
一层淡蓝

宿醉未醒。白昼将尽
我慵懒地坐在按部就班的
公交车里，要回到嘈杂
凌乱的市区

可是，我多想去那山里
去那岩鹰出没的
寒峰顶上，让挟着雪粒的风
狠狠地吹

把我的酒吹醒，把五脏六腑
吹回少年模样，把这腐坏之躯
吹成一棵纯净的树
立在峰顶……

★寒峰，地名，在陕西省略阳县金家河境内，有该县古八景之一的"寒峰积雪"。

2017.9.4

石状沟午后小憩

午后，阳光像一个老情人
带着熟悉的体温和味道
怀抱一样降临。嗯，那就沿这条路
再走一走，一直走到亭子那里
坐下，听溪水淙淙流过
廊柱间，形成低缓的音乐
风漫过大片野棉花，疏透的林子
梯田里的麦苗、油菜，幽静无人的瓦房
抚触你大病初愈后，绯红的脸颊
此时，山河更显空旷
万物缄默寂寥，你在这里
小憩片刻，逐渐成了这午后
安谧世界的一部分，如同那些黢黑
凌乱的碎岩，胡乱堆放在这山间
有着奇怪的形状
与复杂的内心，难以理解
也拒绝诠释

2023.1.10

无言之物

我还是更喜欢这些
无言之物：巨石，细沙，枯草
白色芦苇，碧色流水……
它们以难以觉察的变化，与时间
建立起某种关联
它们肯定有过，而且还会变为
另外的形态，但沉默
将永远是它们的共同特征
这就是我在白崖碥看见的事物
除过它们，我还认识了风化的岩石
碎裂，挤压，拉扯，层叠堆垒
交结纠缠为庞然大物
呈现出复杂的结构，盘踞于
嘉陵江边。此刻，它们正逐渐
侵入我的体内，制造出重压
让我胸口窒闷，难以呼吸
当我仔细触摸、感受那方镌刻着
"凿开天险"的摩崖
一根尖锐的钢钎，正一下又一下
斫开我内心的岩石

而我忍着剧痛，和它们站在一起
让自己成为了无言之物

2022.11.25

嘉陵江边的芦苇

我选择与你站在一起：
风吹来时，我们有着相同的姿势
暮色迫近后
我们在石头与流水之间
做着最后的努力，要成为世上
最后消失的那一抹白

山野如此寂静，万物保守着
各自的秘密
而我们的秘密是什么？
是被时间的严霜压伤后
难以言说的痛楚，还是内心深处
横七竖八的，思想之纹理？

为了对抗遗忘
古人在岩石上刻下汉字，如今
那字迹已经模糊。而我们
站在沙岸高处，活在时间的洪流中
沉默，隐忍，任由枯荣

在注定的消亡中
坚守着最后的白，最细小的自我

2022.11.26

鹰的生活

当我们聚集在广场上
讲话，演节目，彩虹跑
卖土特产，品尝美食
并且对文化旅游的蓬勃发展
充满期待时，我突然发现
天空中有一只老鹰，正在静静飞翔
它从东到西，又从西到东
往来飞行数次，如同一位披着灰袍的
云游僧人
但它从不停留，也未降落
对云层之下的重要活动，毫不在意
它认为世上最好的时光
就是按照自己的本性，惬意飞行
对于这些地面上发生的事情
它觉得都是人类的瞎胡闹
跟它的生活毫无关系

2023.5.18

云雾

云雾起于河谷
那里，水常年奔涌，带走季节的幻象
其中一部分形成云雾
向着山巅飘升，特别是在秋天
在一场雨和另一场雨之间
模仿着人们的生活，或某种剪不断的絮状物
在天空中漫游。因为遥远
整体上显出安静的，美的姿容
其实它们紊乱而无序
你抓不住也摸不到，如同梦中的情景
它们并不承载或者创造什么
只是飘荡，然后重新化为雨水
降落在我们头顶，或者逐渐消隐于无形
好像从未出现过

2021.9.3

在任家院

蔓草丛生。树木高大蓊郁
溪水轻叫着，在巨大的石头间穿行
创造出蓝色的水潭，如同
你内心明净的孤独

你坐着，在阳光默晒的褐色
石头上，一朵白云自高空投射下来的
阴影中，体味这孤独
柔软，沁凉，旷辽如幽古

你的双脚摩挲着细沙，感觉
自己正在化为空无
消失在这些蔓草、树木与石头间
去那魂梦向往之所在

2022.8.23

在野地里

风正把岩石上湿黑的苔藓
吹干。混杂着栗树的青冈林里
传来果实落地的声音。远天
鲸鱼群般的云朵，正在酝酿另一场雨
它们笨重的肚皮，滞缓地滑过
那片屋宇似的峰顶。山野等待着
再次被淋湿，又被吹干

此刻，在暗淡的秋光里
万物寂寥，而它们自己并不知晓
我们走在砂石路上，野花般悄无声息
好像从未混迹于人类的丛林
我们的身体变小，变轻
那曾经从纷乱的世界里拼命获取的
现在成了最先漏掉的部分

2022.10.9

傍晚江边散步

晚霞突然从天空深处展开，如一匹
金红色的幕布，好像要向我们
揭示一点什么。但幕布始终没有拉开
除了城市建筑凝固的布景
也没有其他形象出现在
幕布上面，下面，或者说前面
仿佛一个舞台搭建好了，演出却因故取消
而江水，幽深寂静，如同患失语症的
老年康德，比我们更加缓慢地
沿着既定的河床，进行着毫不变更的
行走。我明白大自然的安排，自有深意
但我尚未领悟。我只是觉得
有一种携带着本源与力量的事物
正在我们看不见的地方存在着
在金红色晚霞之下，在静穆的汉江边上
我们深一脚浅一脚地谈论着
社会，生态，工作。而洪水冲刷出的
远古河床，在流水下面
静止不动。作为一种遗存或者见证
它告诉我们事物终结之后，将以何种面目

存在于世。当我们折返并且离开
我感觉，一块巨大的幕布
晚霞般，在我内心深处，缓缓拉开

2023.8.13

世间

（一）水草

草叶放缓生长，溪水开始变凉
只有白河中的石头
保持着它们各不相同的形态

它们强调了这样一个事实：
看起来无用的，不轻易变化，有时甚至
占据着永远

我痛惜草的枯荣，水的柔弱
也喜爱石头的沉默、无用乃至恒久

（二）白花

有些花还在开着
比如路边的金盏菊，林子中的木芙蓉
坡地上的紫茉莉，以及
土房子墙根的桂花树
它们浓烈的香气，使天空变得柔美

有的花一直开着
比如从高处流泻下来的溪水
它开出的白花，短暂，但又前仆后继
既有惊世之美，又有决绝之心

有的花，开了，谢了，又开了
旋生旋灭，去留无迹
在幽谷，在脸颊
在一颗颗已入深秋的心里

（三）美意

在白河边，一些大树折断了主干
裸露出粗壮、皲裂的根系
细枝从上面生发出来，一层层苍绿
领受着大自然的美意。它们
并不觉得自己柔弱，也没有羞愧

（四）恩造

走在山路上，一颗栗子
像落在石头、草丛与泥土上一样
落在我的头顶

它是那么新鲜，饱满，成熟
携带着造物全部的恩情——
在青冈树这地方
我那么惊喜于一颗栗子
把我当成了大自然的一分子

（五）世间

秋来了。白色的露水
覆盖在青草上，也覆盖在黄草上

春天，夏天，与冬天
阳光、雨水与雪，落在绿枝上
也落在枯枝上
落在人们的屋顶上，也落在墓碑上

海日生于残夜，时间参叠着时间
人世的繁华与荒芜，在同一舞台上演

在夜里，淡淡的月光
落在大地的凸处，也落在大地的凹处

2018.9.18

人神共处的世界

1

寺台。群山向太阳涌动
如同一万头鲸鱼突然跃出海面
齐刷刷露出他们黑褐色的脊背……
我把唐诗里的千岩万壑揉碎
加入自己明亮的忧伤
用来充实被掏空的肉体与灵魂——
但这还远远不够

2

闪光的镰刀
依然带着两千年前的锋芒
而农民已经成为一千种人类职业里
最不起眼的一种。但麦黄时节
他们依然和古人一样
埋下头，弯下腰
天空拱动身子，收起阴云与雷雨
大地低俯下去

交出泉水与黄金

3

我走进一片收割中的黄土地
如一位周朝的采诗官
走进西河边的山野
看他们身上破烂的蓝布衣裳
他们头上麦秆编制的草帽
他们脸上渗着汗水的梁峁沟渠……
他们伸手揽住麦子
如同一个深情而坚决的男人
拦腰搂紧自己的情人

4

麦子，如同海子一样
我必将站在你痛苦的芒上
质问自己的内心
我们何时放下又何时遗忘了
麦粒的颜色与重量
麦秆的味道与质地
麦茬地里放着的
装满浆水面与凉开水的黑陶罐

然后，每天醉醺醺地
穿过钢筋与玻璃组合而成的新世界
塑造了这个大腹便便
手无缚鸡之力的人

5

风的羽翼，横扫面庞
此时，雄鹰正从马莲山顶峰飞起
为了麦地边一只雪白的兔子
它正准备做一次俯冲
而我已经听到了兔子的心跳
它将把来自城市的我
带进一个磅礴恣肆如日初升的
野性世界

6

盘山公路
举起我们的肉身。两边
梯田里的苞谷林
正在阳光下舒展开
碧绿的叶子
在纯净的空气中咯吱作响

一些事物，正抬起玉米的茎秆
向着必要的高度前进
我感觉到了
大地最原始的秘密

7

马莲，一朵花的名字
现在属于一座山和一座村庄
它们一头撞进眼球与血管
撑起干瘪的心脏
马莲，瓜田与果园的集合体
晴空中一声响亮的鞭子
光芒抽打在紧紧包裹
麻木过度的身体上
你在战栗中醒来
逐渐成为一个放牧白云的人

8

一座土房子
一个老人，一条黑狗
院场里去年堆起
表皮已经腐烂、黑褐的麦草垛

一个石碾
沉睡在长满青苔的石板上……
这一切，这构成大地的零部件
这深厚古老的温暖
这终将化为泪水的亲人啊

9

我该如何释怀
才能平静地把自己
种进故乡的泥土？

10

现在我来了
我端起寺台女人递给我的土巴碗
顺手抓起一块油炸面疙瘩
夹起一筷子凉拌灰灰菜
我把所有的欢乐与忧伤
还给一壶叫作苞谷与麦曲的清酒
让它们代替我歌唱
我刚从山野毕业
深知只有它们
才能唱出完美到极致的曲调

11

寺台，一片消失的庙宇
如同沙漠与大海上空的幻影
而地基仍在，名字仍在
风雨抓住了寺的真谛
太阳抓住了寺的真谛
它用沉默教导我
万物纵身大化，一切坚守本然
才能修成一颗
笑中带泪的菩提心

12

大堡，我喊一声你
寺台的兄弟
抛开你的历史和人民
我猛然想到特朗斯特罗姆的诗句
"九月，那墨绿的城堡……"
而这是六月
远山正以火焰的形式发出光亮
我剖开自己，把大地的经文
刻进内心的竹简

13

我跟随你，在大堡的街上走动
我调动了自己的视觉、嗅觉与触觉
来接纳一个陌生的镇子
它寂静的样子
让我想起从没有抵达过的远方
而如果我们来到山间
就会明白，所有的远方
都藏在一声清脆的鸟鸣里

14

庄子，这是一个村名
但让我想到了
《秋水》《渔父》《人间世》与《逍遥游》
我在这里遇到了一位构树皮制作的生宣
在他身上写了几个毛笔字
"古来圣贤皆寂寞，唯有饮者留其名……"
滔滔人流中
我看见宽袍大袖的庄子与李白
从大堡附近的峰顶
飘然远去……

15

一座古老的石桥
覆盖着青苔与脚印
泉水被石头激励
它一飞向空中，就变成了雪花
而我们被泉水激励
一坐在溪石上，就生出了欢喜心

16

一棵银杏树
枝杈上缠着红布条
它高大的树冠
构成了一个繁密的星系
而一个星座
就是一个古老的家族——
在大堡的山中，在水洞寺
一棵树，让你认识到
宇宙的须臾与永恒

17

站在溪水边，你回过头来

千山万壑响应

漫山遍野的花朵，回过头来

漫山遍野的树叶

哗啦啦拍起手掌

漫山遍野的石头

顿时低下头来

埋怨自己的僵硬与木讷

18

从寺到堡，这片土地

还需要守护什么？

19

深入大地的肌理

重新回到一座山的顶部

一条河的源头

看到骨头与血液的原初形态

看到所有的动物和植物

才知道它们替我们担负着一切

承受着一切

是它们维系着地球的律动

让星空不致湮没

我们却从未感觉到难堪
与羞愧

20

到了寺台与大堡
才会明白
我们多么需要重新创造一个
人神共处的世界

★寺台、马莲、庄子、大堡均为地名，位于甘肃省陇南
市康县境内。

2018.6.11

第四辑

觅　渡

野鸭子

远远看着我们的那群人
并不了解我们的生活

一场冬雨后，湿黑、瘦削的
群山，沉暗无光
天空空着，嘉陵江大峡谷空着
灵岩寺里那尊毗卢大佛的心
空着

我们披着灰袍，随意划动这片
冰凉的水域
波纹从我们周边扩散开去
空着的嘉陵江有了涟漪
你不用担心水中的刀刃划伤自己

我喜欢在万物寂寥的冬天独自划水
寒冷于我们，乃是必需

2017.1.5

灵岩寺遇雨

我对菩萨说：请收留我吧，让我避避
这说来就来的雨
菩萨说：我也是投身于自然，结成了泥土的胎
我想渡到对岸去，江水也不会手下留情
施主，你要做你自己的伞，你要做你
自己的船。如果需要埋葬花朵，你就做你
自己的流水，如果需要斩断情丝
你就做你自己的刀
菩萨顿了顿，然后说：你要知道
只有你手中有刀，你才有能力让自己
放下刀

*灵岩寺，位于陕西省略阳县城南嘉陵江边，始建于唐
代，因珍藏摩崖、碑碣众多，被誉为"陕南碑林"。

2019.5.5

空山

七月，南秦岭一带的山岭
绿得有些过分了，过分得如同燃烧
如同燃烧后的纯粹
纯粹得
如同空无

除过石头，除过树木，除过孤独挨挤着的
老房子
除过在青草丛中流啊流的小溪
除过眼看着这一切
在公交车里打盹的，我这具
徒悲伤的躯体
还有什么？

这山野是如此的空落啊……

2018.7.7

秋夜：灵岩寺

夜色降临，万物隐去形体
嘉陵江的流水声凸现出来，虫子的叫声
凸现出来。只留下轮廓的群山
与眼前的天空统一起来。它们的虚无与庞大
与浩茫的水声、细微的虫声
形成了深深的对应

此刻我坐着，在寂冷的黑暗中
与万物，与静坐在万物中间的毗卢大佛
也形成了一种虔诚的对应——
我是与佛祖，一起坐在黑暗中
我们各自从体内取出经卷，我们默诵着祷词
为对方点燃了灯盏

2020.10.10

读大解

这个人一直纠缠于河流、山脉和人群
以及他们一起构成的地球
纠缠于穿在时间箭杆上的人，人，与人
他们的来处与去处
他的这些汉字组合，还教我们
辨认人类的亲戚
比如草木、石头与野兽
还有就是，对注定的生与死
深深的感恩……
当我合上书，抬起头，窗外一场春雪
正铺天盖地，簌簌落下
如同《群峰无序》中所写到的
一切古人，今人，与尚未到来的人
他们肉体和命运的紧急集合

2019.2.17

水中的星星

星星们在水中闪烁
除过现在，站在窗前的我
世上再没有人
知道今晚的星星，全部落进了
银灰色的八渡湖

在这条河上游的山谷里
一些野花
正在悄悄开放，另一些
已经开始枯萎，腐败
我们看不见的一些岩石的体内
保留着远古时期
小动物们安静的遗体

一九八二年，我从母腹中
来到这个地方。我曾经步履匆匆
声称要赶往一个
值得我付出一切的远方
现在我明白，并没有什么远方
也没有什么要紧事

必须要我去做

我要坐在这里
看看今晚的星星，它们碎碎的闪光
没有任何预定的秩序
只是一个接着一个，旋生旋灭
我告诉自己不急，真的
不用急着赶路，也不用急着休息
我深知那必然来临的
一直在暗处，耐心地等着我

2019.6.30

药引子

在三川，我亲近了九种花：
七里香，苹果，桃，李……

她们都拥有年轻的身体
姣好的容颜
每一种，都拥有不同的味道

她们很可能是某种药引子——
这些花朵
从自己的骨髓中，滤出香气

我嗅着她们
体内下了一场春雪
光亮显现，而生活所堆叠的阴影
逐渐退却

2018.4.7

八渡湖边

（一）抚摸

我一个人坐着
在八渡湖边，其实是东环路夜市
由于紧挨着
河堤的栏杆，我沐浴着
来自河上的凉风
突然觉得
自己是被某一只手，轻轻地
轻轻地抚摸，抚摸……

（二）柔软的部分

其实是一条河
人们用翻板栅，把她分成一片片
平整的水，风吹来时
她会缓缓晃动。如果是有太阳的黄昏
那些细细的波纹上
就会浮着一层细碎的金子
当然，也有可能

是银子。我喜欢称她为八渡湖
因为在我居住的小城
除过女儿喊爸爸时，我临时解冻的心
唯有她，是我心中柔软的部分

（三）端详

我刚从办公室出来
走过喧嚷的街道。这是夜里九点
蓝色的灯光，闪射在湖面上
我突然想到
我从没有好好端详过她
于是我坐下来，在一个叫作
"原始部落"的烧烤店，望着她
如同一只受伤的野兽
一边吃着东西，一边用湖水
清洗着伤口

（四）看见湖泊

海子说：
"梭罗这人有脑子
看见湖泊就高兴"
为什么我看到湖泊

止不住想流泪呢？

（五）微笑

我已经好久没有静静地
在你身边坐下了
好久没有
向你述说生活带给我的委屈与难过
今天，就让我这样坐着
听隔壁的老人逗弄孩子
听另一隔壁的年轻人
说他们绵绵的情话
我就记起，今夜如此晴朗
我好像也该向自己微笑
然后像一只俯卧在墙角的猫
静静地，趴一小会……

2018.5.18

多么深的恩情

远处的那些山岭
已经由绿变黄，由黄变黑
由丰润变得瘦削、枯干
那些树木、草丛、小动物
经过了春天、夏天与秋天
终于平安地来到了冬天
它们无怨无悔了

每天凌晨，严霜会来
过不了几天，大雪会来
一点一点
覆盖住它们裸露的枝条，茎叶
有的，将熬不过某些夜晚
但它们无怨无悔了

我也无怨无悔了——
人们都还在忙着
而世界已经从惊蛰走向大寒
阳光、雨水、霜雪与风
都会来与我们相见

让我们把该感受的都感受了
该领有的都领有了

这是多么深的恩情啊！
我们要把该得到的都得到了
该失去的都失去了
我们要把自己用得一无是处了
才会有人来
带我们离开这个世界

2019.12.3

邵家营记

略阳东部，一个村庄的名字
包含了十五公里水泥盘山路，三个采石场
那些裸露的巨大岩体，如同诸神
交战后留下的废墟。数条蜿蜒的溪流
一些适于瓢儿生长的荒坡，无法计数的，郁郁葱葱
延伸向远处突兀、奇伟峰峦的森林
此刻，它还包括几辆行进中的汽车与坐在
车里的人，以及他们对这个地方的认知
我的目光穿过车窗，向着远处连绵的峰峦望去
突然觉得，在那些山岭的后面
依然有我童年的梦境，有另一个世界
等待着我。也许，一种崭新的生活
即将从一个港口，一片大海，或者一座城市
电影镜头一样缓缓打开。但我知道
没有那个港口，也没有那座城市
没有一片大海，在邵家营背后升起
我只是要和朋友们，在这个陌生的村子里
度过夏天的一个午后

2023.7.12

煎茶岭望月

一轮新生的月亮从远处的山岭之上
走过。好像有所牵挂
步子迈得很小，如同没有在移动
我们坐在群山之中，煎茶岭上
一个偏僻、安静的院子里
如坐在一朵莲花的中心，看着黑暗
逐渐吞噬掉大地，又看着月亮
努力将大地重新照亮
月亮的银箔延展开
向我们映照出夜晚的样子，夜幕下
群山息伏的样子，群山中
万物安睡的样子……
但又不至于太过明亮，从而遮蔽掉
事物的原貌。在这个傍晚
我再次认识了月亮，我感觉它的存在
正是为了让万物重新找到自己

2023.8.1

燕子岩记

在西渠沟，燕子岩，我们希望
大地是稳固的，永远
不要再出现地震、洪水与泥石流
不管是天然的还是人为的
我们觉得，这里必须维持原状
这些水要继续开花，流淌，吟唱
树要像我们没来之前一样
旁若无人地生长，并且利用阳光的照射
将自己舒朗的、浓淡不一的影子
投放在清澈的溪水与水底的石子上
而山坡、水边的巨石与古树的枝干上
要继续长出青苔，这种已经存活了
四亿多年的细碎之物
让我们感觉到一种微微的呼吸
始终在大地的皱褶里进行着
我们伸手，向每一寸泥土与天空
索要自然的馈赠，而无视它们
作为自我的一种存在
但瀑布正是因为水遇到悬崖后
拥有了决绝之心

而清潭正是因为水遇到凹地之后
放下了奔跑的欲望。而这里的一切
正是按照各自秉性存活的结果
在一切被人类伤害过的地方
都将出现伤痕与裂隙
而大地无语，它不埋怨，不气馁
只是做着一个裁缝的工作
将这些伤痕与裂隙，慢慢弥合

2023.9.3

白崖碥

下到江边，听水岸低唤
风吹来草木苦涩的气息。在这些
被夏天的洪水推举到高处的
乱石丛中，我默默坐下

人们在拍摄郁阁栈道遗址
两岸青黑的悬崖上，巨大的石孔
生满绿苔。对岸悬崖，"凿开天险"
四个大字，依然清晰可辨

河道没有新旧，只是在历史中
不断抬高，把人们的足印
一层层埋进泥沙。数千年过去了
我坐着，没有声息

秋天正在加深。江水
带走该带走的。一只蝴蝶飞来
飞去。风吹起，万木摇动
我在这里，一坐千年

★白崖碥，又名析里，位于陕西省略阳县城西嘉陵江右岸，汉代名碑《郙阁颂》原址。

2020.10.10

秋日

我们在雨天等待太阳

和这些树叶

这些山峦与水流中的事物一起

这是我们最后的时日，最后的机会——

明年将会有另一群树叶，另一些事物

前来认领自己的命运

但已不是今天，不是此刻，不是我们

万物加快成熟，要赶在大雪之前

完成最后的生长

每一个微小的事物，都忍受着孤独与疼痛

走在回家的路上——

这是最后的黑暗，这是最后的尘世

愿我们都有光明、坚韧的心

找到并拥有自己的归宿

2020.11.6

深秋的绿

不蓬勃，不肥厚，不铺天盖地
但因此显得坚韧，醒目
你看，总有一些事物，没有淌入季节的河流
如深渊中的云雾
或一些孤独者的念头，超然于外
我说的，其实是那些平凡的事物
比如这些油菜，这些冬青，这些松柏
你以为这是它们的属性
其实是它们学会了在寒冷中
保存自己

2020.11.6

雪

1

雪落在身上
我抬起胳膊细看。她在衣袖上
首次为我呈现出
晶莹、细碎的花瓣——
我们把如此冷凝的事物，称为花
需要对雪的本质，认识多少年？
需要对雪降落后
所做的工作，认识多少年？

2

清晨，雪继续落
早起者看见人行道上的雪
已经印上凌乱的足迹
远处，灰白色的嘉陵江河滩上
雪积满石头与草丛
他们在世上停留的时间
会久一些

我担心的是，落在江水中的雪
要怎样保持它的独立性

3

三河坝的水潭
已经结冰，雪落在冰面上
如同玻璃上凸起的花纹
雪粒被风攒紧，绕着歪斜的枯草
旋转，降落
六只白鹭，静静站立在水潭边
头埋在胸脯间，如散落在河滩上
椭圆形的石头

4

堆雪人
把散落在野地上的雪，慌不择路
窜向车顶、石头与树篱上的雪
团结在一起，给他们一个
清晰的形象：有鼻子，有眼睛，有耳朵……
然后离开
任雪人在野地的角落，在公园一隅
把自己变为泪水，缓慢地消融

比起那些没有堆成人的雪，他们要忍受
更长久的孤独
与更酷烈的融化过程

5

晴雪以后，太阳出来
收拾冬天的残局。这时候
总有一部分固执的雪，在更高处的山峰
那些鸟迹罕至的地方，那些风雨蚀刻的岩缝
那些阴暗的角落，枯枝与腐叶
聚集的场所
坚守着寒冷的领地
为我们提供一个，醒目的高度

2018.1.9

大石湾村

地里的白菜，被雪深深掩埋
没有人想到去解救它们
屋顶上互相交叠的瓦
睡在雪底，如同梦套着梦

大石湾村，冬日白昼
浸满凌晨的寒气与暮晚的微光
我们瑟缩成团，小心地
在泥地上走着，渴念着炉火

几个烟灰色的农民
如觅食的麻雀，在荒野中踯躅
他们的动作迟缓，轻飘
仿佛一阵风，便能将他们带走

2018.2.8

五片雪

（一）一小块黑暗

我来时，它已经在了
细雨正在将夜色
淋湿。某些事物瞬间板结
成为一道疤痕。当我看见远处的灯光
便学着酒的样子，浇灌，焚烧
那一小块醉人的黑暗

（二）我看到了雪

宝山，我看到了雪
它们在空中飘荡的样子
多像我们昨夜谈话的内容
它们停在车顶上的样子
多像我们当初，那些空白的日子
它们落在头发上的样子
多么像我们努力生活后的结果
静静地，滑下来，然后消失

（三）梅园河边

我告诉你我来了
让我对着那些高大的枫杨
说出内心深藏的秘密
梅园河，我给你几分钟重逢
你给我一小块往日吧
让古镇的灯
迟开一会儿，我好趁着暮色
将流淌的阴影打捞

（四）上灯时分

阳坝古镇的灯亮了
我们走在不长的街巷，我看见你
眉里眼里，盈盈的笑
我们的手伸出来
交叠在一笼炭火上，交叠在
时光的桌面上
然后顺着渐次降临的夜色
往下滑，直到滑入命运的河床

（五）一根枯枝

路上横着一根枯枝
如同冬天伸出的手臂：孤单，瘦弱
当我注视它的时候，阳坝的风
穿过我的躯体
吹向它。那枯枝动了动
如同我此刻蓦然而动的心中
横着的一道
不为人知的疤痕

2016.12.10

问雪

有一些事件发生的方式
仿佛省略了过程
比如今天早晨的雪
在你推开窗子的一瞬间
它已经完成了，对大地的布置

我想说的不是白
不是纯粹，或鸟儿们的踪迹
而是雪怎样来临，怎样在一夜之间
把这个枯干、脏乱、丑陋的世界
变得温润，洁净，可爱

雪肯定跋涉了遥迢的长路
肯定也经历了
冷暖的剧变，和内心反复的熬煎
雪肯定是在全部化为泪水之前
又坚持了一小会儿
才变成了现在的样子

2019.2.18

午后晴雪

当我坐在窗下，埋头于书页
我知道，我心里
幸福地知道，雪就坐在我的身边
我的对面
我的神经末梢上

它如此轻易、无可辩驳地
改变了我身边的事物：
南山，雨山，嘉陵江
堆满太阳能热水器的楼顶以及
这个寂寞的午后

虽然我知道
世界很快会回归自己的本来面目
万物将继续滑向各自的深渊
但是此刻，现在
雪在着，坐着，望着我

当我深深埋头于书页
我的心如此安静，如同某些

孤独的夜里，安然入睡那一刻
心里明白
世界在着，伴着，念着

2018.12.28

想象龙王山

在照片里，那些树木
弯曲成臂膀的样子，那些雪
洁白成童年的样子。那些被我们忘记的事物
欢喜成菩萨的样子

如果我真的去了，真的
成为山上的一棵草，一块石头
我将连欢喜也忘记了，连童年也忘记了
连臂膀里的温暖，也忘记了

龙王山坐在地球上
已经太久太久了。如果他寂寞
他就会永远寂寞。如果他孤独，他将会
永远孤独。就像我受苦
佛祖也并不来管我

因为他知道，世间发生的一切
都是好的

2018.12.17

冬日傍晚

天黑得早了
可能有太多的话要说
于是倒下大量墨汁
在我头顶的幕布上胡乱涂抹
我不知道它在写些什么

我还是习惯
抬头望望山腰的灵岩寺
有一两点灯火
小小的，细细的，柔柔的
在无尽的夜空中闪烁

它可能也怕
降落在岩石和树林中的霜雪
"石窟中的那些
菩萨，怕不怕冷？怕不怕
孤独？"

我想去寺中
抱抱他们，抱抱那些

修成了菩萨的木头、石头和泥土
我们应该给予对方
一些珍贵的体温

2019.11.14

姜家院

更高的那些山岭，已经落雪了

姜家院坐于低处，在细雨中
陷入自己的回忆
这座小村子
与白河水一起，养育了多少辈人
不会有谁知道了

冬天正摆弄着大刷子
为仙台坝后的天空，刷上一层白霜
稀疏的树林
为冷风让出道路
几只乌鸦，在薄暮中飞

黑鱼鳞似的瓦房顶上
升起炊烟。两个孩子，在院子里玩耍
他们将慢慢长大，结婚生子
还有很多事物
将比他们活得坚韧，长久

无数个冬天过去了
还有无数个
即将到来。姜家院，静静坐在落雪的山下
在山中，还有无数这样的村庄

雪落下了！群山为自己建造着祠堂

2018.12.2

雪地里的佛

我曾经见过他
顺着人们的意愿，坐在甘肃南部
一个叫花桥的小村庄
他的身后
是蚀空了身子的菩提树

第二次看见他
是在张霞发给我的照片里
他和菩提树
如一对难兄难弟
肩披大雪，坐在一片无垠的苍茫里

在这寒冷的季节
他们不躲避，不怨嗔，不哀痛
也不拯救
只是和天下苍生一起，肩披大雪
坐在无垠的苍茫里

2018.12.29

觅渡

——读戴朱慧同题组照

1

一棵树，站在她面前。一棵树
伸出手，像是要抚摸这个

被风衣帽子遮住面孔的人，她
低着的头
但这只手，将永远停在空中，某处

远方，大海正翻卷着波浪⋯⋯

2

大海上的四条船，如同天空脱下的
四只白鞋子

近处，光秃的枝条
凌乱、纠结的姿势，在空中凝固
九只乌鸦
如同一群古代的隐士

它们墨色的身体中，包裹着
鲜活的欲望与孤独的激情

3

有人坐在繁花之下。而远处的海
向着这颗黑色的头颅
涌动。这个人，他坐在繁花之下，头顶
星星们，正准备落向荒凉的水面

4

一匹马，它的影子，它身后的石头城堡
它们之上，漆黑的天空
光的挣扎与嚎叫。被陈旧的理想压垮了的人们
在沙砾遍地的荒野上，寻找着什么

5

在一丛灌木和一列旧火车之间，一个
走动在光明与阴影之间的人
将自己的头颅，深深埋进天空深处
陈旧的水泥地面上

那么多的灰尘，等待着神来一一清扫

6

电线在天空中伸展，两个人的
部分身体
挣扎在微光中

他们面向着灌木，看不见的城市
以及，可能的山峰

而，一点光源，正在向下面的世界
沉落……

7

这个背向我们坐着的人，是一个女人
当她望着大海的时候
一棵树，将它巨大的手掌伸开
想要从后面，托举她甜蜜、忧伤的影子
但是树犹豫着
停在了离她几米远的地方

8

一棵树，两棵树，它们在天空中
挥舞着枝条，然后静止
叶子，落向黑暗深处
它们肆意地呼喊，如同画布上
被过度热情的手，所废弃的颜料
已经枯干、板结在画板上

9

猫，站在立柱与铁栅之间
它将代表我们，寻觅灵魂的影子

10

两个女人
坐在我们面前，望着远处
走在光中的男人

她们湿漉漉的头发下面，露出
多肉的、凉凉的脊背
一颗颗沙砾，黏在皮肤上
让我们的目光变得粗糙

但它将长久地抚摸，这些涌动着渴望的
前倾的躯体

11

一个人，走过大片荒芜的土地
她将遇到树，鸟群，与喑哑的石头
对着沙地上的人群
垂下沉重的头颅

这时，神正在以光与影的形式
穿越整个世界的孤独
纠结的激情与掩藏的欲望
深入大地荒凉的内部，寻找光的根源

一切将只作为印迹存在
但在此之前，我们将重新创造出
肉身的大海，以狂荡的姿态
把永恒刻在每一片浪花上

★戴珠慧，女，上海青浦人，当代摄影家。

2019.4.21